El zapatero y los duendes

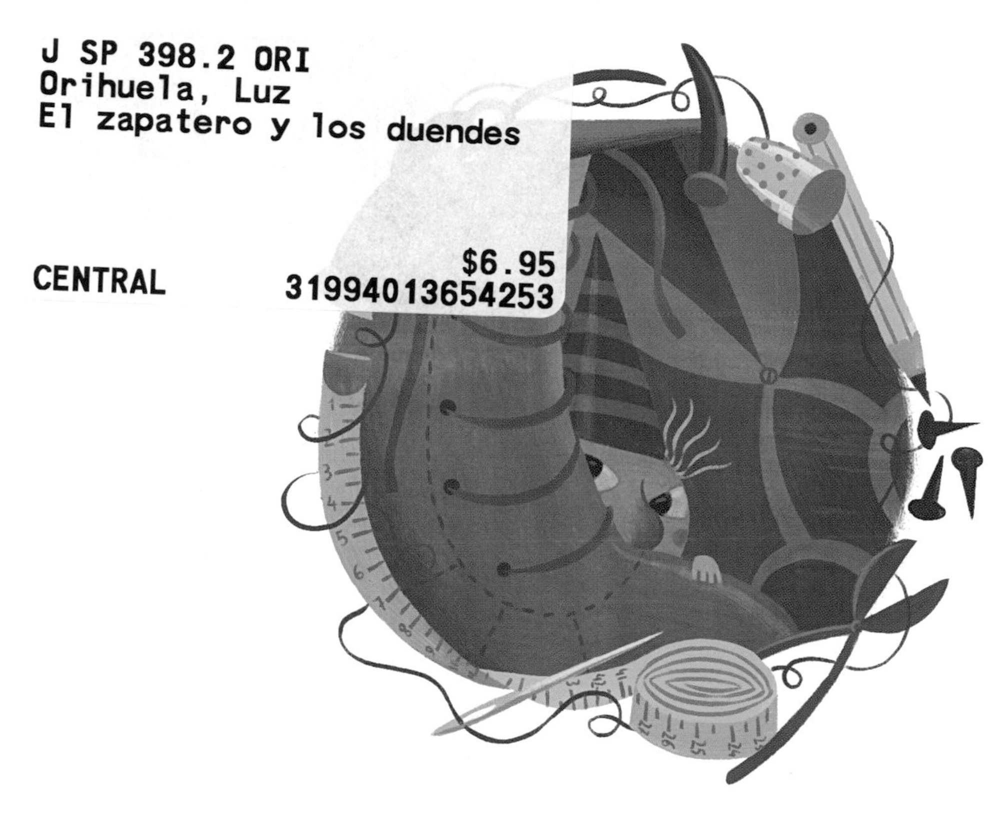

Adaptación: Luz Orihuela Ilustración: Sebastià Serra

Combel
EDITORIAL

Había una vez un zapatero
que ya era muy mayor y el trabajo no le salía
ni tan bien ni tan rápido como cuando era joven.
Los clientes le abandonaban y el zapatero
era tan pobre que no tenía ni para comprar
cuero con el que fabricar los zapatos.

Un día se quedó trabajando hasta muy tarde porque debía terminar los zapatos de un señor muy rico e importante. Pero estaba tan cansado que se fue a dormir y dejó los zapatos en el taller pensando que los acabaría de buena mañana.

Nada más levantarse se dispuso a terminar
los zapatos. Pero cuando llegó al taller...
–¡Oh!, ¡qué sorpresa! –exclamó.
Los zapatos estaban acabados
y mucho mejor que si los hubiera hecho él mismo.

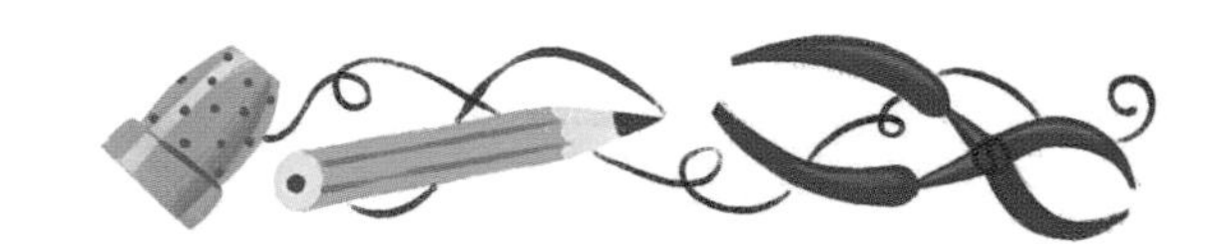

Al poco tiempo, llegó aquel señor tan importante
a recoger sus zapatos.
Y cuando los vio tan bonitos y tan bien hechos
se puso más contento que unas pascuas.
–Os pagaré veinte veces más de lo que
me habíais pedido –le dijo satisfecho el cliente.

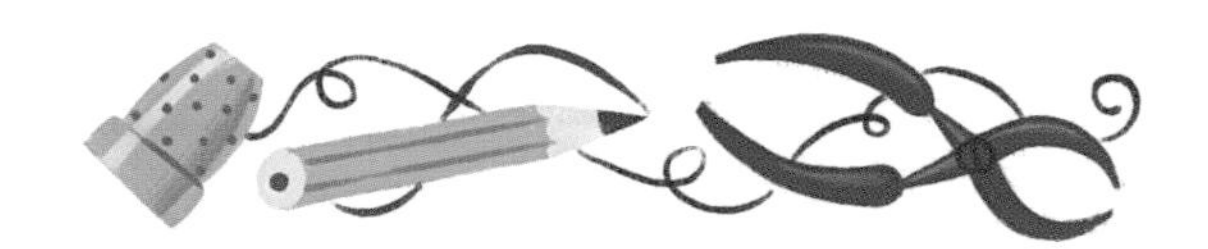

1 2 3 4 5 6
7 8
14 15
21 22
28 29

Y al día siguiente ocurrió lo mismo.
Cuando se levantó, encontró los zapatos
que tenía a medio hacer,
perfectamente acabados y relucientes.
–Os daré cuarenta veces más de lo que
me habíais pedido –le dijo la señora
que se los había encargado.

Y así fue como el zapatero
se convirtió en un hombre rico.
Todos querían unos zapatos nuevos
y los veían tan bien hechos
que le pagaban más de lo acordado.
Mientras, el zapatero se preguntaba
una y otra vez
quién le hacía el trabajo de noche.

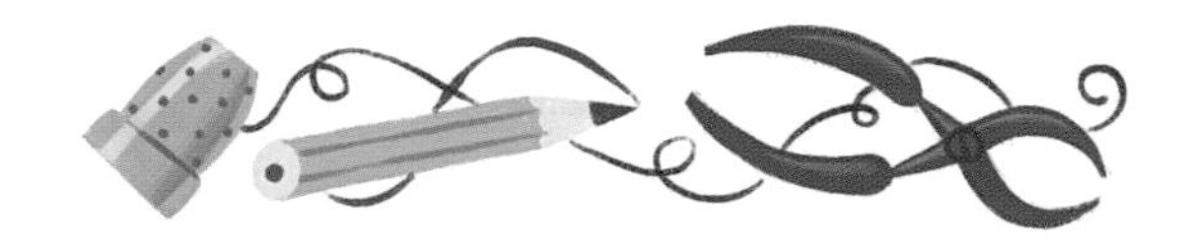

Un día, el zapatero y su mujer decidieron
que debían hacer alguna cosa para descubrir
quién era el misterioso personaje que tanto
les estaba ayudando.
Acordaron que por la noche se esconderían
para vigilar el taller sin ser vistos.
Y así lo hicieron.

Cuando dieron las doce en punto,
unos alborotados duendes bajaron
por la chimenea y, con mucha alegría,
se pusieron a trabajar. En un santiamén fabricaron
los zapatos más bonitos y perfectos
que jamás se habían visto.

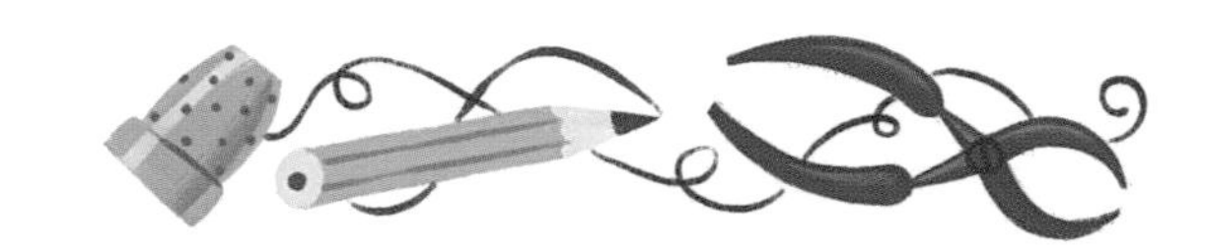

El zapatero y su mujer se quedaron paralizados cuando vieron cómo los duendes se iban chimenea arriba dejando tras de sí aquel maravilloso par de zapatos.

–¿Qué podríamos hacer para agradecerles su generosidad? –se preguntaban.

Como los duendecillos no tenían ropa
y era pleno invierno, decidieron hacerles
unas lindas camisas, unos pantalones y,
claro está, unos zapatos.
Y lo dejaron todo bien puesto
para que, por la noche, se lo encontraran.

Al día siguiente, cuando se levantaron,
corrieron al taller y se encontraron una nota:
«Como habéis sido tan agradecidos,
no os faltará nunca ni pan ni suerte.
Nosotros iremos a recorrer mundo
con nuestros nuevos vestidos.
Otros hay que necesitan nuestra ayuda».

Caspe, 79. 08013 Barcelona
Tel.: 93 244 95 50 – Fax: 93 265 68 95
combel@editorialcasals.com
Diseño gráfico: Bassa & Trias
Segunda edición: marzo de 2005
ISBN: 84-7864-785-6
Depósito legal: M-7398-2005
Printed in Spain
Impreso en Orymu, S.A. - Pinto (Madrid)

CABALLO ALADO **clásico**

serie **al PASO**

Selección de narraciones clásicas, tradicionales y populares de todos los tiempos. Cuentos destinados a niños que comienzan a leer. Las ilustraciones, divertidas y tiernas, ayudan a comprender unas historias que los más pequeños pueden leer solos.

serie **al TROTE**

Selección de cuentos clásicos, tradicionales y populares destinados a pequeños lectores, capaces de seguir el hilo narrativo de una historia. Los personajes les fascinarán y sus fantásticas peripecias enredarán a los niños en la aventura de leer.

serie **al GALOPE**

Cuentos clásicos, tradicionales y populares, dirigidos a pequeños amantes de la lectura. La fantasía, la ternura, el sentido del humor y las enseñanzas que se desprenden de cada historia estimularán la imaginación de los niños y les animarán a adentrarse aún más en el maravilloso mundo de la lectura.